Ediciones Ekaré

Taquititán

DE POEMAS

Ilustraciones de
Ana Palmero Cáceres

Selección de poemas
Mª Elena Maggi y Mª Francisca Mayobre

Índice

4

Caravana

Vamos en caravana,
primero va la iguana,
segundo va el cangrejo,
tercero el azulejo,
de cuarto va el cochino,
de quinto el langostino,
de sexto va el caballo,
de séptimo va el gallo,
de octavo sigue el pavo,
noveno el puercoespín
y de último el delfín.

Marisa Vannini

Definición

La chicharra,
es una hoja seca
que canta.

Luis Barrios Cruz

6

El árbol

Yo era un árbol, daba sombra,
cargaba flores y nidos.
Y ahora para que pases
me he tendido sobre el río.

Luisa del Valle Silva

7

La pereza

Hija de un bostezo
nieta de una almohada
la pereza cuelga
bajo la enramada.

En un mismo sitio
duerme todo el día,
igual si es de noche
o si es mediodía.

No sale a pasear
ni a ver las estrellas.
Sólo ronca y ronca
La pobre doncella.

Fanny Uzcátegui

El mono

Desde el árbol más alto, donde se toca el cielo,
colgado de la cola al pico de una estrella,
con las manos tendidas, nos saluda el Abuelo.

Andrés Eloy Blanco

9

El ciempiés

Uno, dos, tres,
con sus zapatos de tierra
caminando va el ciempiés,
mientras sus ojos oscuros
miran el mundo al revés.

Uno, dos, tres,
se va callado el ciempiés,
como un tren en miniatura,
como los niños lo ven.

Carmen Delia Bencomo

Pequeño tren verde

Pequeño tren verde
como la grama
este gusano
come que come hojas
con muchas ganas.

Hace una casa
marrón
cierra puertas
y ventanas.

Sin hacer caso
del sol,
se duerme
sobre una rama.

Un hilo claro,
de luz,
se cuela
por la persiana
y surge una mariposa
roja, grana.

Josefina Urdaneta

El rabipelao

Esconde tu rabito
rabipelao
que un par
de calzoncitos
he terminao
pa' que vayas
contento
y bien presentao
al baile
que esta noche
da tu cuñao
con cuatro,
arpa, maracas
y ron quemao
y un sabroso joropo
escobillao.

Fanny Uzcátegui

Caimán Caimanero

Caimán, caimanero,
sonrisa de acero,
vestido de verde
con chaqué y sombrero
a paso ligero
llega hasta el estero
se sube a un madero
y en vez de una garza
¡se come un lucero!

Fanny Uzcátegui

La tortuguita

¡La tortuguita
sale del río
a buscar sol,
llena de frío!

¡La tortuguita
no tiene pena
y se ha dormido
sola en la arena!

¡La tortuguita
pierde el sentido!
¡Ya ni se acuerda
dónde ha nacido!

¡Se la trajeron
de San Fernando,
y ella no sabe
cómo ni cuándo!

¡Y un acuario
de algas y flores,
ya le han pintado
de mil colores!

Manuel Felipe Rugeles

La tara

Toda vestida
de verde.
¡Tan verde!

La tara
juega, juega
entre las hojas
y se pierde.

Ana Teresa Hernández

Canción

La ola
no canta sola.
El viento
la hace cantar.
Ola y viento
están cantando
la eterna canción del mar.

Ana Teresa Hernández

A la orilla del mar

¡Cómo juegan las arenas
a la orillita del mar!
Con las olas vienen, vienen,
y con las olas se van.

Luisa del Valle Silva

Caballito marino

El caballito marino
va galopando
en el agua,
pasa corales,
estrellas,
peces de colores
y algas.

Corre, caballito
corre,
corre ligero
y no vuelvas
siete leguas
y otras siete
sin que nadie
te detenga.

Beatriz Mendoza Sagarzazu

Estrella marina

Un ancla de cinco puntas
-que reventó la cadena-
naufragó muy asustada
sobre su mano de arena.

Efraín Subero

Invitación

Te quiero viajero largo
de profundo navegar,
viajero de todo el campo,
viajero de todo el mar,
que no te alcancen las olas
para tu sed de viajar.

Andrés Eloy Blanco

La partida

Dos velas muy blancas
el barco tenía.
Se abrieron de pronto
dos alas al sol.

Miraron al cielo
si estaba tranquilo,
y al puerto, felices,
dijeron adiós.

Esther María Osses

Chubasco

No viene. Se aleja
por el carrizal.
Cien mil varillitas
en el varillar.
La luna lo mira
desde el ventanal.
Cien mil espejitos
en el carrizal.

No viene. Se aleja
por el robledal.
Todas las veredas
lo vieron pasar.

Miguel Ramón Utrera

Día gris

Hoy el sol
no ha salido.

Se ha enganchado
en una nube,
y se ha quedado
prendido.

Viento, ayúdalo
a soltarse
y a cumplir
su recorrido.

Marisa Vannini

23

Pensamiento

Espérame hasta que llegue
al otro lado del río,
¡para ver qué piensas tú
de este pensamiento mío!

Manuel Felipe Rugeles

Alba

Señora amapola,
sal del ababol,
lávate la cara
con agua de olor,
ponte tu vestido
de rojo crespón,
peina tus cabellos,
que ha salido el sol.

Rafael Olivares Figueroa

25

Las estrellas

Noche: dame tus estrellas,
que quiero su compañía.

Que Aldebarán prenda el faro
de oro de su alegría.

El rojo Antares, su fragua.
Centauro, su joyería.

Que alumbre la Cruz del Sur
y asomen las Tres Marías.

Manuel Felipe Rugeles

Cuarto Creciente

Luna, lunita,
te miré en el cielo.

Luna, lunita,
te miré en el mar.

Luna, lunita,
te voy a comprar.

Efraín Subero

27

Los capitanes de la comida

Un capitán
trajo pan.
Un capitén
la sartén.
Un capitín
el cebollín.
Un capitón
el cucharón.
Y un capitún
trajo el atún.

El cucharón del capitán
metió el atún con cebollín
en la sartén.
Comieron pan
con cebollín
y con atún,
el capitán,
el capitén,
el capitín,
el capitón
y el capitún.

Jesús Rosas Marcano

Bailemos la ronda

Bailemos la ronda del tinajero
tic-tac
cayó la gota sobre el puchero.

Bailemos la ronda de la gallina
cloc-cloc
puso un huevo bajo la tina.

Bailemos la ronda de la gata
miau-miau
me he lastimado la pata.

Bailemos la ronda del alfiler
cras-cras
como la espina es él.

Velia Bosch

Disfraz

En la mano una,
en los ojos dos,
en la frente tres,
y nadita en los pies.
Quítate el gorro
para que te crezcan las orejas
y hazte el zorro
para que se asusten las ovejas.

Eduardo Gallegos Mancera

Mañana
como es domingo

(FRAGMENTO)

Como es domingo mañana,
los dos iremos al circo,
donde colgó su trapecio
la araña del arbolito,
donde se traga el cocuyo
todo un tizón encendido
y la hormiguita levanta
su arena de muchos kilos,
y el gusanito de monte
se descoyunta y da brincos.
Como es domingo mañana,
los dos iremos al circo.

Jacinto Fombona Pachano

31

Taquititán

Táquiti-táquiti-táquiti-tán, soldadito y capitán.
Una estrella, dos estrellas, comiendo queso y comiendo pan.
Táquiti-táquiti-tán, monaguillo con balandrán.
Un cepillo, dos cepillos, un remiendo en el pescuezo y otro en el fustán.
Táquiti-tán, polluelo y faisán.
Una alita, dos alitas, un gavilán, y no queda pollo ni faisán.
Táquiti-táquiti-táquiti-tán, pescadito y tucán,
un piquito, dos piquitos, un amapuche y izas! al buche del caimán.

Eduardo Gallegos Mancera

Afinar los sentidos para la fiesta de la poesía

Este libro contiene veintiocho poemas que celebran la gracia de los animales, los elementos de la naturaleza, los juegos de infancia y de palabras, para ofrecer a los niños pequeños un singular encuentro con la poesía.

Sus brevísimos textos, escritos por autores fundadores de la literatura para niños en Venezuela, son paradójicamente de una inmensa variedad y perfección formal; herederos de la poesía tradicional y clásica española, hábiles conocedores de la métrica y la rima, echan mano a dípticos, tercetos de arte mayor y menor, canciones y rondas con pegajosos estribillos, coplas o cuartetas de versos octosílabos asonantados, para transmitir un hondo significado, múltiples matices expresivos, lirismo y fino humor.

La delicadeza, el dinamismo y colorido de las imágenes se entretejen en sus páginas con la musicalidad, sonoridad, cadencia y ritmo del lenguaje, para lograr un único y claro cometido: brindarle a los más pequeños la posibilidad de avivar, afinar los sentidos (mirada, oído-escucha, sensibilidad-cuerpo), para que la poesía seduzca, se convierta en una hermosa experiencia compartida y una verdadera fiesta para sus lectores.

Mª Elena Maggi

Acerca de los autores

Luis Barrios Cruz
(1898 - 1968)
Poeta, dramaturgo y narrador, perteneció a la Generación del 18 junto a escritores como Fernando Paz Castillo y Jacinto Fombona Pachano. Entre sus libros están: *Respuesta a las piedras, Plenitud, Cuadrante, La sombra del avión* y *Decoraciones.*

Carmen Delia Bencomo
(1923 - 2003)
Poetisa, narradora y dramaturga, colaboradora de diarios y revistas, especialmente de la revista *Tricolor* del Ministerio de Educación. Entre sus obras para niños podemos mencionar: *Los luceros cuentan niños, Muñequitos de aserrín, Papagayos* y *El diario de una muñeca.*

Andrés Eloy Blanco
(1896 - 1955)
Poeta, ensayista, dramaturgo, narrador, periodista y humorista, miembro de la Generación del 18, fue una importante figura política. Su obra poética, que ha alcanzado gran popularidad, se expresa en los libros: *Poda, Barco de Piedra, Baedeker 2000, A un año de tu luz* y *Giraluna.*

Velia Bosch
(1935)
Licenciada en Letras por la Universidad Central de Venezuela, crítica literaria y ensayista. Durante mucho tiempo coordinó los talleres de creatividad infantil del Ateneo de Caracas, experiencia recogida en su libro *A bordo de la imaginación.* Ha publicado los libros de poesía para niños: *Arrunango, Jaula de Bambú* y *Bestias de casa.*

Jacinto Fombona Pachano

(1901 - 1951)

Poeta, narrador y ensayista, director de diarios y revistas, fue miembro de la llamada Generación del 18. Entre sus obras se cuentan: *El canto del hijo, Virajes, Las torres desprevenidas, Sonetos* y *Poesías*.

Eduardo Gallegos Mancera

(1915 - 1989)

Poeta y conocido luchador social, dejó un conjunto de poemas para sus nietos que fueron editados por Velia Bosch y publicados bajo el título *Pico, pico, solorico*.

Ana Teresa Hernández

(1929 - 2005)

Maestra e impulsora de la literatura para niños en Venezuela como Directora de la *Revista Municipal de Educación Don Simón* y de la revista *Tricolor*. Publicó los libros de poesía para niños: *Calendario del alba, Campana de recreo, Fábulas de juguete* y *Pequeñín*.

Beatriz Mendoza Sagarzazu

(1926)

Maestra normalista, poeta, narradora y miembro de la Academia Venezolana de la Lengua, ha publicado entre otros títulos: *Viaje en un barco de papel, Tarea de vacaciones, La muerte niña*, y la antología *La infancia en la poesía venezolana*.

Esther María Osses

(1911 - 1991)

Docente, investigadora y escritora, fundadora de la Facultad de Humanidades y Educación de la Universidad del Zulia, entre sus obras podemos citar: *Antología de la poesía centroamericana contemporánea, Poesía en limpio, Crece y camina* y *Canciones para niños*.

Rafael Olivares Figueroa

(1893 - 1972)

Poeta, crítico, ensayista e investigador, miembro del grupo Viernes y asiduo colaborador de la revista *Tricolor*, dejó importantes obras: *Poesía infantil recitable, Antología Infantil de la nueva poesía venezolana, Antología de poesía infantil, Folklore venezolano*, y los libros de poesía *Teoría de la niebla* y *Teoría de la nieve*.

Jesús Rosas Marcano

(1930 - 2001)

Maestro, periodista, profesor universitario, compositor de canciones para grupos musicales como Un solo pueblo y pionero del periodismo escolar en nuestro país. Entre sus obras para niños se encuentran *Proclama de la espiga, A media mar, Cotiledón, cotiledón de la vida, La ciudad, Manso vidrio del aire, Así en la tierra como en el cielo*.

Manuel Felipe Rugeles

(1904 - 1959)

Fundador de la poesía para niños en el país con su libro *Canta pirulero* (1950) que se ha convertido en un clásico, también creó y dirigió la revista para niños *Pico-pico*. Premio Municipal de Poesía y Premio Nacional de Literatura, algunos de sus títulos son: *Aldea en la niebla, Memorias de la tierra, Puerta del cielo, Canto de Sur y Norte y Dorada Estación*.

Luisa del Valle Silva

(1896 - 1962)

Educadora y poetisa, impulsora y miembro de asociaciones culturales como la Asociación Venezolana de Mujeres y la Asociación de Escritores de Venezuela. Publicó: *Ventanas de ensueño, Humo, Luz, Amor, En silencio, Sin tiempo y sin espacio*, contenidos ahora en su *Antología poética*.

Efraín Subero

(1931 - 2007)

Investigador, crítico, ensayista, compilador, folclorista, poeta y cuentista, dedicó gran parte de su vida a la investigación de la literatura infantil recogida en los títulos: *Poesía infantil Venezolana* y *Estudio y Antología de la Literatura Infantil Venezolana*. Publicó un libro de poemas para niños titulado *Matarile*

Josefina Urdaneta

(1925)

Poetisa, narradora y educadora, fundadora del Colegio Montecarmelo, propuesta de educación a través del arte, ha realizado una importante labor de investigación y recopilación en el área de la literatura infantil reflejada en: *Alas de letras, Contigo sí, Si canto, Aquí mismo* y la colección *Cuento que te cuento.*

Miguel Ramón Utrera

(1909 - 1993)

Dedicado al periodismo y a la enseñanza en su pueblo natal, San Sebastián de los Reyes. Su obra comprende títulos como: *Nocturna, Rescoldo, Aquella aldea* y *Selección poética.*

Fanny Uzcátegui

(1932 - 2012)

Poetisa y promotora cultural, entre sus obras podemos mencionar *Poemas para niños*, editado por el Estado Trujillo, con prólogo de Mario Briceño Iragorry, *El estanque y la ronda, Zoología divertida* y *Piapoco.*

Marisa Vannini

(1929)

Docente, investigadora y autora de numerosas obras para niños, entre las que destacan las novelas para jóvenes: *El oculto, La fogata*, Premio Europeo de Literatura Infantil Provincia de Trento, Italia, en 1978, y *En la piel de la guerra*, así como sus libros de poemas para niños: *La palabra imaginaria I-II.*

Edición y selección a cargo de Mª Francisca Mayobre
Dirección de arte: Irene Savino
Diseño: Ana Palmero Cáceres
Investigación, recopilación y notas: Mª Elena Maggi

Primera edición, 2013

Av. Luis Roche, Edif. Banco del Libro, Altamira Sur,
Caracas 1060, Venezuela

C/ Sant Agustí 6, bajos. 08012 Barcelona, España

www.ekare.com

ISBN 978-980-257-356-1 · Depósito legal If15120138001104

Impreso en China por South China Printing Co. Ltd.